故宮御貓夜遊記 6

押魚家族

常怡／著　　小天下 南畔文化／繪

中華教育

責任編輯：余雲嬌
裝幀設計：鄧佩儀
排　版：鄧佩儀
印　務：劉漢舉

故宮御貓夜遊記 ⑥

押魚家族

常怡 / 著　小天下 南畔文化 / 繪

出版 | 中華教育

香港北角英皇道 499 號北角工業大廈 1 樓 B 室

電話：(852) 2137 2338　傳真：(852) 2713 8202

電子郵件：info@chunghwabook.com.hk

網址：http://www.chunghwabook.com.hk

發行 | 香港聯合書刊物流有限公司

香港新界荃灣德士古道 220-248 號 荃灣工業中心 16 樓

電話：（852）2150 2100　傳真：（852）2407 3062

電子郵件：info@suplogistics.com.hk

印刷 | 高科技印刷集團有限公司

香港葵涌和宜合道 109 號長榮工業大廈 6 樓

版次 | 2021 年 10 月第 1 版第 1 次印刷

©2021 中華教育

規格 | 16 開（185mm x 230mm）

ISBN | 978-988-8759-89-7

大家好！我是御貓胖桔子，故宮的主人。

對我們貓族來說，一直以來就有個規矩：無論是肉罐頭還是魚骨頭，誰先看見就歸誰所有。

1

一個晴朗的星期五的午後，陽光照在身上特別舒服。我飽飽地睡了一覺後，慢悠悠地朝着西三所的員工食堂走去。

離晚飯的時間還早，但是已經有十幾隻貓在食堂後面等着了。因為大家都知道，每個月的第三個星期五，食堂大師傅都會買上幾十條又肥又大的活魚，用來做晚上的主菜 —— 紅燒鯽魚。

食堂到底是從甚麼時候開始有了這樣的傳統，我不知道。我只知道，當我還是一隻不到兩個月大的幼貓時，媽媽就帶着我來這裏，等着廚師們扔出新鮮的魚腸或魚鰾。

這每月一次的超級大餐，故宮裏沒有哪隻貓願意錯過。

我找了個離窗口近的好位置，眼巴巴地等着。敞開的窗戶裏飄出濃濃的魚腥味，不一會兒，我的下巴就被流下來的口水弄濕了。

忽然，窗戶裏響起了「劈哩啪啦」的聲音。所有的貪吃貓都緊張地盯着窗戶。

「呼！」有東西從窗戶裏飛了出來。

我吃了一驚：不是魚腸，不是魚鰾，也不是剪下來的魚尾巴，而是一整條魚！那條魚重重地落在我面前，瞪着眼睛，扭動着身體。

我驚訝地看着魚，幾乎不敢相信自己的眼睛。

緊接着，一個廚師從窗戶裏探出頭來，「糟糕！」他小聲說着。別的貓也回過神來，朝我圍了過來。

如果我再不把這條魚叼在嘴裏，那牠很快就要被人或者其他貓搶走了。

於是，我一口叼住魚，使出渾身解數逃離了貪吃貓們的包圍圈。

一整條魚！光想想我就要幸福得暈過去了。我長這麼大，還從沒碰到過這麼幸運的事！

我叼着魚跑了半天,好不容易才在延慶殿後面找到一個安全的地方。

這是一片低矮的松樹林,大門一直緊緊地關着。聽說,以前這座宮殿是皇帝迎接春天的地方,但現在,除了烏鴉,誰也不會來這兒。

我把魚藏進亂草堆裏，牠看起來還活着，嘴巴會動。這麼一條又大又肥的魚，我一頓可吃不了。於是，我打算叫媽媽一起來享用這頓難得的美味。

　　我把魚藏好後，跳出牆外，一路小跑着朝珍寶館奔去。媽媽正在珍寶館的院子裏曬太陽，聽說有魚吃，她眼睛直放光。

我們跑回延慶殿，我興沖沖地扒開草叢，卻發現，我的魚不見了！

「糟糕！魚被偷了！喵！」我一下子跳了起來。

幾隻烏鴉「啞啞」地叫着，從我頭頂飛過。

一定是他們！烏鴉小偷，叼走了我的魚！我氣得直發抖。

「算了，算了。」媽媽在一旁勸我，「現在生氣的話，你連魚腸都吃不到了。趕緊去食堂，看能不能吃到甚麼其他好東西吧！」

於是，我只能垂着腦袋，回到了食堂。這時候，其他的貓都已經舔着嘴巴心滿意足地散開了。夕陽落入了地平線，食堂的煙筒裏冒出滾滾白煙。

唉……一切都晚了。

　　我正這樣想的時候，食堂的窗戶突然打開了，一盆活蹦亂跳的蝦被放到了窗台上。這可是個難得的好機會！

　　沒吃到魚，能吃到蝦也不錯呀！我輕手輕腳地跳上窗台，叼起最大的一隻蝦就跑。

可是，我剛跑出西三所，嘴裏的蝦就一下子飛了起來！
這是怎麼回事？我朝上望去。

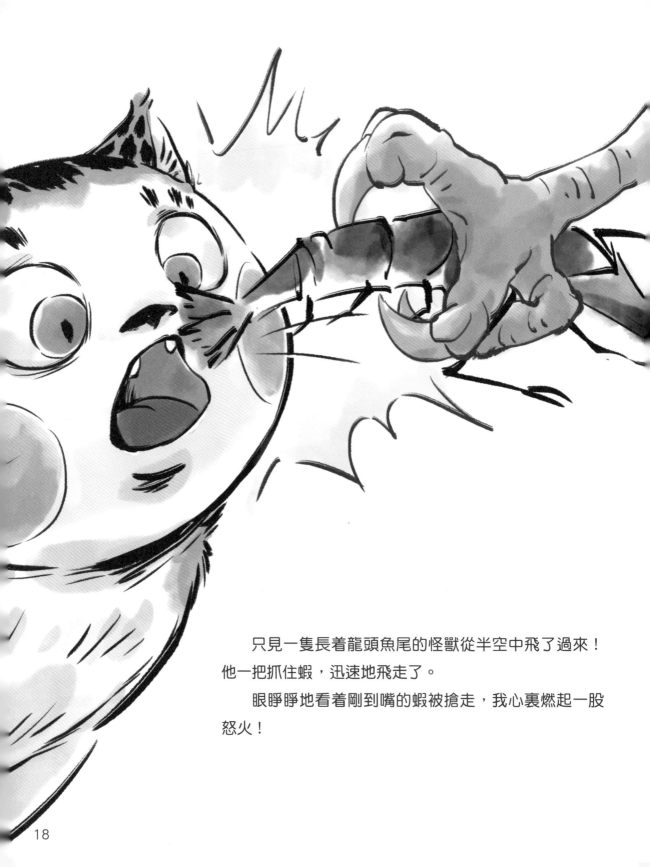

只見一隻長着龍頭魚尾的怪獸從半空中飛了過來！
他一把抓住蝦，迅速地飛走了。

眼睜睜地看着剛到嘴的蝦被搶走，我心裏燃起一股
怒火！

我大叫一聲，跳上牆頭，咬緊牙，不顧一切地朝着怪獸追去。

我穿過圍牆，奔過房頂，就連穿越灌木叢時也毫不減速。

終於，在跳過最高的那堵圍牆後，我在金水河邊追上了怪獸。他正飄在河水上空，爪子裏捧着我的那隻蝦。

我不由自主地停住了腳步，凝神望去，有點兒不大對勁啊。

天啊！怪獸怎麼把我的蝦扔進河裏了呢？

我徹底呆住了，這是怎麼回事？

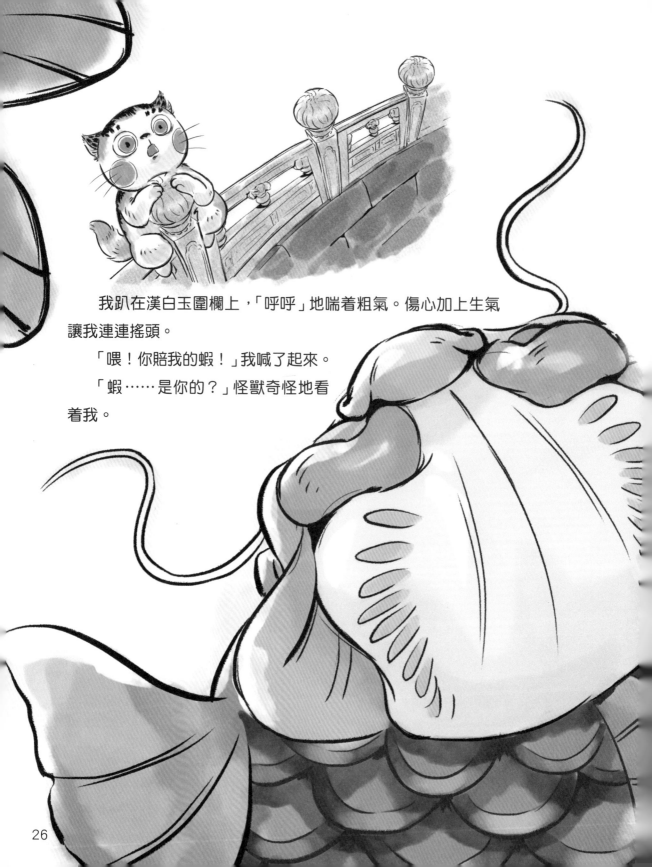

我趴在漢白玉圍欄上，「呼呼」地喘着粗氣。傷心加上生氣讓我連連搖頭。

「喂！你賠我的蝦！」我喊了起來。

「蝦……是你的？」怪獸奇怪地看着我。

「你從我嘴裏搶走的，怎麼會不知道是我的？喵。」我更生氣了。

「可是，牠是活的。」

「就因為是活着的，蝦肉才會更好吃。」

「你真是太殘忍了！」怪獸不敢相信地說，「怎麼說，那也是一條生命啊。」

「難道你就沒有吃過蝦嗎？喵。」我不服氣地問。

「沒有。」他搖搖頭。

「你是甚麼怪獸？怎麼連蝦都不吃？喵。」我奇怪地問。

「我是押（曾yā｜粵壓）魚。」怪獸回答，「掌管水族魚類的統領，水裏的一切生物都屬於我的家族，包括魚和蝦。」

「所以你不會吃牠們？」

「是的。」押魚說，「必要的時候，我還要保護牠們。比如，今天我在延慶殿後面就發現一條鯽魚，因為我搶救及時，牠已經回到水裏，沒有生命危險了。」

「啊！是你，你這個小偷，你還偷了我的魚！喵。」我氣得喘不過氣，「你偷了我的魚，還搶走了我的蝦，你賠！賠我！」

因為太傷心，我扯着嗓子哭了起來。

這下，押魚慌了神：「喂！別哭……我知道哪裏有吃的東西。」

「哪裏？」我停止了哭泣。

押魚帶我來到城隍廟的
院子裏，高高的樹上掛着一串
臘腸。我叼下來一根，咬了一口，
一股燻物的香味撲鼻而來，真美味呀！
「這是誰的臘腸？」我問。
「不知道，我路過這裏的時候，無意中發現
的。」押魚歎了口氣，問，「吃東西真的這麼重
要嗎？」

「當然。」我又咬了口臘腸，說，
「你知道為甚麼神在造我們的時候把肚
子放在中間嗎？就是因為肚子裏有油
水，生命才有意義。肚子，是生命的
中心。喵。」

「是這樣嗎？」押魚懷疑地問。

「是這樣的。」我肯定地說，把剩下的臘腸一口吞進肚子裏，滿意地打了個飽嗝。雖然沒吃到魚和蝦，但能吃到臘腸也不錯。

我就是這麼一隻容易滿足的御貓呀。

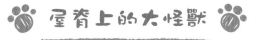

屋脊消防員

押魚

我是太和殿上排第六位的脊獸。我生活在海裏，有着龍的頭和魚的身體，是負責掌管魚類的王者。我能夠吞火噴水、興風作雨，所以人們把我放在屋脊上，希望起到滅火防災的作用。

押魚，海中瑞獸。傳說能興雲作雨，滅火防災。「押」有「執掌」的意思，因此牠是掌管水族魚類的統領。

——故宮博物院青少網站

煙霧製造機

在清朝，皇室為了增加皇家的威嚴和神祕感，在太和殿前的漢白玉基台上放置了十八座銅鼎爐。這十八座鼎爐在乾隆年間鑄造，象徵着當時清朝管轄的十八個省份。每當舉行國家大典時，鼎爐放置的松柏枝、檀香等就會被點燃，煙霧從中升起，營造出如仙境般神聖莊嚴的氣氛。

（見第1頁）

花　窗　蘊含吉祥寓意

故宮窗戶的紋樣豐富多變，蘊含着吉祥寓意，也能分辨屋子主人的身份地位。左圖這款格紋稱為「步步錦」，主要由直、橫木條組成，木條之間有「工字」、短木條等連接和支撐，寓意步步高升，事事成功。另外還有菱花紋、斜方格紋、網紋、正方格紋等。

（見第2-3頁）

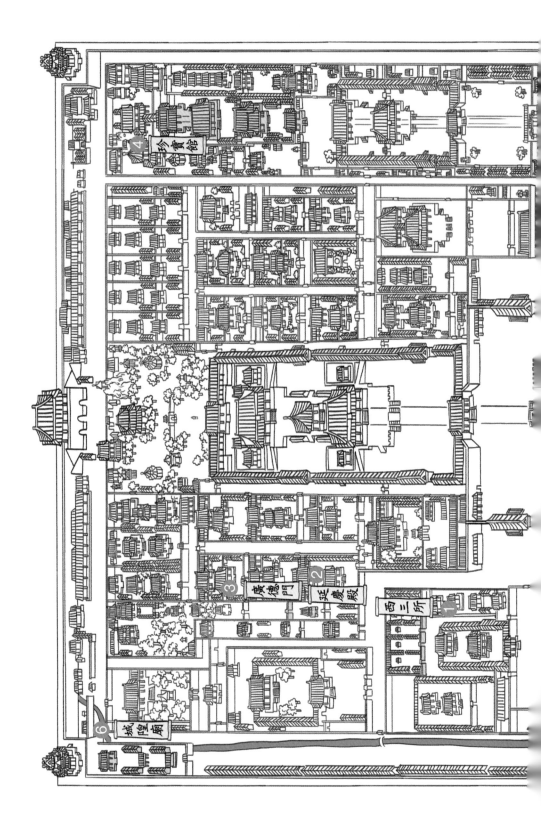

慈禧太后的起居宮室分布圖

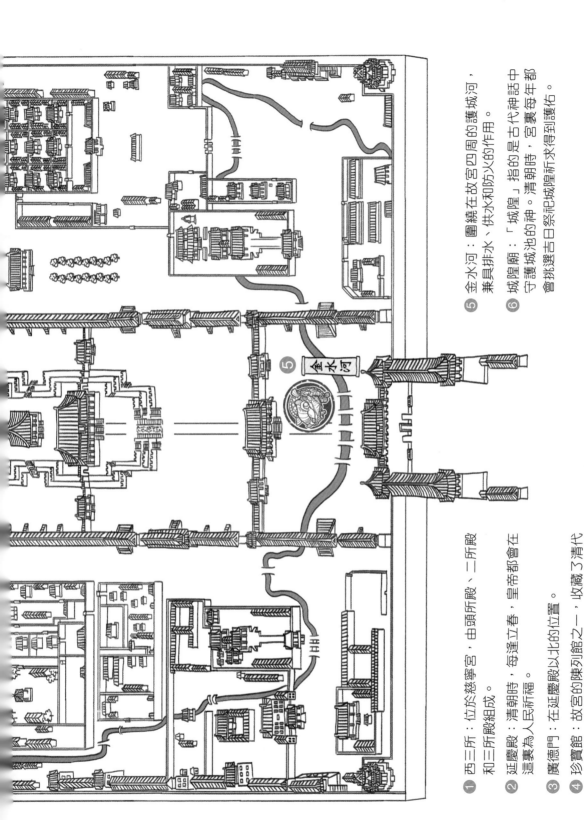

① 西三所：位於慈寧宮，由頭所殿、二所殿和三所殿組成。

② 延慶殿：清朝時，每逢立春，皇帝都會在這裏為人民祈福。

③ 廣德門：在延慶殿以北的位置。

④ 珍寶館：故宮的陳列館之一，收藏了清代宮廷的珍貴文物。

⑤ 金水河：圍繞在故宮四周的護城河，兼具排水、供水和防火的作用。

⑥ 城隍廟：「城隍」指的是古代神話中守護城池的神。清朝時，宮裏每年都會挑選吉日祭祀城隍祈求得到護佑。

常 怡

提起統領水族的首領，大家一定會先想到龍王。在神話傳說中，龍王經常代表水族出現，他不是興雲佈雨，為人們消除炎熱和煩惱，就是被孫悟空戲弄，賠了兵器又賠法寶。

龍王在水族的地位就和古代的皇帝一樣，高高在上。真正幫他管理水族各部的，是各位將軍和大臣。押魚就是掌管水族魚類的將軍。

押魚也叫狎（普xiá｜粵俠）魚，我在《押魚家族》中用「押魚」，而沒有選擇更偏動物屬性的「狎魚」，是因為「押」在古漢語中有「執掌」的意思，這更能體現押魚作為魚類統領的本色。

押魚在中國古籍中的記載極少，很沒有存在感，這可能是因為龍王的光芒太耀眼，遮住了周圍這些水族將領的光彩吧。

北京小天下時代文化有限責任公司

御貓胖桔子的故宮大冒險又開始了。貪吃又貪玩的胖桔子，決定把這次故事發生的地點放在食堂，而出場姿勢則選擇了「流口水」。

為了能讓小讀者看到更多故宮裏的物件和宮殿，我們特地前往故宮進行了寫生，並在《押魚家族》裏繪製了故宮銅鼎爐、員工食堂、延慶殿北側的廣德門、珍寶館、金水河、金水橋以及城隍廟等多處故宮實景。

悄悄告訴你兩處觀察點。第一處是胖桔子出場時身後的銅鼎爐，它的原型位於太和殿前，一共有十八座，你知道它們分別代表了甚麼嗎？第二處是位於西三所的員工食堂，你肯定注意到了食堂屋頂的顏色與其他宮殿有所不同，你知道這是為甚麼嗎？

這一次，愛吃魚的胖桔子撞上了負責保護水中生物的押魚。作為掌管水族的統領，押魚是如何保護魚類，同時又不讓胖桔子餓肚子的呢？你覺得押魚的辦法怎麼樣？如果你是押魚，你會怎麼做呢？